RECIT FIDELLE
DE LA
TORTVE
VIVANTE, TIRE'E

du genoux d'vn Muſicien habitant, & Bourgeois d'Anneſſy en Savoye.

Par les merveilleux ſecrets d'vn Seigneur Sicilien nommé Dom Antonio Fardella de Calvellò Gentil - homme de la Ville de Trapano en Sicile , habitant aujourd'huy dans le même lieu.

A CHAMBERY,

Chez E. RIONDET, Imp. ordinaire de l'Academie Chymique Ducale Royale de Savoye.

RECIT FIDELLE
DE LA
TORTVE
VIVANTE, TIRE'E

du genoux d'vn Muficien
habitant, & Bourgeois d'Anneſſy en Savoye.

*Par les merveilleux fecrets d'vn
Seigneur Sicilien nommé Dom
Antonio Fardella de Calvello
Gentil - homme de la Ville de
Trapano en Sicile, habitant
aujourd'huy dans le même lieu.*

A CHAMBERY,

Chez E. RIONDET, Imp. ordinaire de l'Academie Chymique Ducale
Royale de Savoye.

A. S. E.

MONSIEVR THOMAS

Granery Comte de Marcenas, Marquis de la Roche, Comte de Plombs, & de Carpenay, &c. Cōſeiller, & Miniſtre d'Etat de S. A. R. Intendent General des Finances, & Preſident ordinaire dans la Souveraine Chambre des Comptes de Savoye, &c.

MONSIEVR,

COmme je ſçay que les prodiges ne paſſent dans l'eſprit de vôtre Excellence, que pour des effets naturels non plus que les chofes ordinaires, & que les raretez ne fe reprefentent à fon imagination que pour des actions faciles, à caufe de la grande penetration de fes augu-ftes lumieres, j'ay bien crû que ie ne pourrois mieux mettre en affurance les productions d'vn Gentil-homme du fublime ca-ractere de la Ville de Trapano en Cicile nommé Dom Antonio Fardella de Calvello, qui à cau-fe de quelque difgrace non com-mune fe feroit refugié en Sa-voye dans la Ville d'Anneffy, que fous les azilles qu'il doit ef-

perer, Monſieur de ſon Genė-
reux appui.

Ce Gentil - homme faiſant
des envieux, & des admira-
teurs au ſujet de la Medecine,
fait avoüer à ſes ennemis même, qu'il a des connoiſſances
qui ſurpaſſent les leurs, mais
comme les moins éclairez de
profeſſion, ont aſſez de malice,
pour mal interpreter ſes produ-
ctions, & les declarer naturelle-
ment impoſſible! ô tres puiſſant
Seigneur, & tres illuminé en
toutes ſortes de ſciences qui lui
pourra derober la gloire qu'il
s'acquier par tout en gueriſſant
le corps humain de ſes infirmi-

tez curables, fi vôtre Excellence lui accorde l'approbation de la cure merveilleufe dont ie prens la liberté de lui offrir le fidelle recit, & qu'elle aye pour agreable les circonftances particulieres, qui font paffer ce Gentil-homme pour magicien dans l'efprit de ceux qui apparemment ne font pas forciers dans l'exercice de leur profeffion, non plus que des Anges tutelaires.

Ils difent premierement qu'ils n'ont iamais vû dans leurs Autheurs qu'il fe foit engendré des vrayes Tortues en quelque partie que ce foit du corps humain, que tout ce qu'ils en fçavent, n'eft autre que de croire que quelque tumeur peut prendre la forme d'vne Tortue, mais qu'il eft abfurde de dire qu'il s'y puiffe engendrer vne

Tortue vivante, & que toutes les particularités que l'on dit eftre arrivées dans cette cure eftonnente, ne font purement que fables, inventées tout à propos pour f'attirer de l'eftime, & fe faire diftinguer parmi ceux qui traitent les affligez.

Cependant, Monfieur, permettez s'il vous plait que ie le iuftifie aupres de voftre Excellence, afin qu'elle lui accorde la grace qu'il prend la liberté de lui demander, & qu'elle ne permette pas qu'il foit immolé à la cenfure, pour avoir fait connoître qu'il execute en tout les ordres de la medecine ancienne fur laquelle les modernes doivent établir leurs fondemens.

Les Peuples ne s'eftonnent pas

lors qu'ils voyent fortir de
nos corps des vers portant toutes fortes de figures, des vers qui
tombent en grand nombre du
creux de nos dents à la vapeur
du jufquiame, des vers encore,
qui paroiffent entre chair, &
cuir, comme auffi des chenilles,
que Albucas nomme Bovina
dans fon livre de Methodo
Medendi, cum inftrumētis
f. 163. parce que dit-il, par
ces propres termes hæc ægri-
tudo multoties accidit bo-
bus, & eft vermis parvus
vnus, qui nascitur inter cutem, & carnem, & vadit per
-carnem afcendendo, & def-

cendendo, & offendit fen-
fui, dum ambulat de mem-
bro ad membrum donec
difrupit incute locū, egre-
ditur, & generatio ejus eft
ex putrefactione quorum-
dam humorum, ficut acci-
dunt vermes, ferpentes, &
ā fcarides in ventre. Nec
eft contemnēdum hoc ma-
lum, fepe enim maximos in
corpore humano creat
morbos, repit enim hic vermis aliquando per totum
corpus, pervenitque ad o-
culum ufque & perdit eum
edendo oculum fimiliter
adalias corporis partes per-

reptat hoc vermium genus.

Il s'eſt vû ſans étonnement des ſerpens, qui ſ'eſtant engendrés dans le corps humain, y groſſiſſent prodigieuſement, & cauſent à la fin des convulſions ſi eſtranges, que les perſonnes ſemblent eſtre ou poſſedées, ou obſédées, ce qui advient icy dans cette Ville de Chambery à vn tres-devot Religieux de l'Ordre de Saint Benoit, il y a pluſieurs années, à mon propre ſçû, & vû. Enfin l'on voit tous les jours divers animaux qui ſe torment dans toutes les parties de l'homme à cauſe d'vne grande putrefaction, qui peut infe-

ôter toutes ces parties.

Pourquoy donc s'eftonnerat-
on d'avantage s'il s'eft rencon-
tré dans la fuperficie d'vn genoux vne tortue vivante, qui
de mefme que tous les predits
animaux, ne s'engendre dans
les eaux croupiffantes que de la
boüe, & de l'infection.

Si les Anciens ont connu &
gueri familierement cette maladie qu'ils ont nommé Tortue
dans leurs écrits non feulement
à caufe de fa forme, mais encore par fon animation, pour quoy
ne pourra t'elle pas de mefme
eftre connue auiourd'hui, &
guerie par vn habile executeur

des preceptes anciens.

Ie ne raifonneray pas plus avant, Monfieur, fur la poffibilité de cette maladie, puifque les enciens nous l'ont ouvertement laiffé par écrit, & fans doute les adverfaires dudit Seigneur Dom Antonio Fardella ne manquent pas d'avoir tels livres dans leur Biblioteque, mais comme les peuples n'en font pas inftruits; ils font paffer dans leurs efprits cette merveilleufe cure pour imaginaire, & fabuleufe & le chargent mefme fur cela d'opprobre, & de calomnie.

Mais comme leurs A. A. R. R.

m'ont

m'ont fait la grace de me creer
pour vn bien public le Dire-
cteur general de leur Academie
Chymique, & furveillant fur
toute la Chymie Medicinale de
leurs Etats de Savoye, qui eft
la partie plus confiderable, la
plus vtile, & plus neceffaire de
la medecine, j'ay crû felon le
deu de mon employ devoir faire juftice au merite de cet Illuftre Gentil-homme, en publiant
fi autement fes nobles produ-
ctions, afin que les peuples dref-
fent dans leur cœur les Eloges
dûs à fon eftime, & qu'ils fe
confient plus facilement à fes
charitables foins, malgré les

efforts de tous ſes adverſaires, puiſque la ſanté eſt le plus riche thréſor de tous les threſors, ſur tout quand elle nous eſt retablie lors que Dieu nous en voit des maladies inconnues par nos modernes, & qui ne peuvent eſtre gueries que par des moyens extraordinaires, & par des gens hors du commun.

Ie n'heſiteray point, Monſieur de citer quelques paſſages de mes Auteurs ſur lé ſujet de cette Tortue vivante, puiſque toute la terre ſçait que vôtre Excellence n'ayme pas la verité voi lée, mais bien celle qui paroiſſant dans ſa nudité naturelle

developpée par les anciens, a
moins de honte de paroître en
cet eſtat, que ſi des vettemens
flateurs tachoient d'en deguiſer
les charmes.

Voici les parolles d'vn fa-
meux Medecin nommé Albu-
cas, fol. 162. cap. xci de ex
traċtione venæ cruris, où cet
Auteur fait connoître par la
gueriſon d'vne maladie qu'il
appelle vaine, qui aproche fort
de celle de la Tortue, comme diverſes fortes d'animaux ſ'en-
gendrent dans le corps humain
par la ſeule putrefaċtion, comme
il arrive plus frequemment dās
les Païs meridionnaux, que dans

ceux ici.

Vena hæc generatur in
cruribus in terris calidis, ficut in terra Arabum, & O-
riētalibus , Meridionalibus-
que regionibus terris aridis,
& quandoque generatur in
locis aliis corporis præter
crura, & generatio quidem
ejus, dit-il, eft a putrefaƈtio-
ne, quæ accidit in cute, ficut accidunt intra corpora
ferpentes, vermes, afcarides,
& vermes inter cutem, &
carnem, & fignum incep-
tionis hujus venæ, eft quod
accidit in crure inflamma-
tio vehemens, de même qu'il

arrive à la formation de la tortue. Deinde veficatur locus deinde incipit vena exire ex loco illius veficationis, quafi fit radix plātæ aut animal &c. atque ego vidi , dit - il encor, longam viginti palmorum in viro quodam.

Et fur le vrai fujet de la tortue vn Medecin fort favant nommé Barbette apprend à guerir cette maladie qu'il nomme Tortue, lors qu'elle arrive à la tête, dans le feuillet 33o. de fes œuvres chirurgiques & anatomiques.

Sennerte l'Hypocrate d'Allemagne, parle auffi de la mala-

die de la Tortue dans ſon livre
des inſtitutions de la medecine
lib. 5o. p. 1. ſect. 2. cap. 13.

Comme auſſi Hieronimus Fa-
britius ab aqua pendente, lib. 1.
de tumoribus, qui decide cette maladie aſſés clairement, &
pluſieurs autres Medecins, &
Chirurgiens expers, qui font co-
noître que dans le corps humain
il ſ'y peut engendrer tous les a-
nimaux qui ſe forment de putrefaction.

Que ſ'il ſe trouve des Maî-
tres qui ayent traité de ces eſpe-
ces de maladies, qui n'avoient
encor que la forme de tels, ou
tels animaux ſans les avoir vus

en vie , & qu'ils ayent ouverts les tumeurs avant le tems de la maturité, c'eſt qu'ils n'ont pas donné le loiſir à l'eſtre naturel de les animer : comme qui empêcheroit à Lourſe apres avoir eſté delivrée d'vne maſſe de chair, de la lecher autant qu'il eſt neceſſaire de lui donner la forme de ſon eſpece , & enſuite de laiſſer arriver le tems que l'ame irraiſonnable lui doit ſuggerer la vie, lui faire ſuivre les traces de ſa mere , & faire connoître par là à tous les homes, que la nature n'a jamais rien fait envain, ni donné forme à aucun ſujet , qu'elle n'aye pre-

tendu de l'honorer de tous les at-
tribus qui font neceffaires à fa to-
tale perfeftion.

I'ay pris la liberté, Monfieur, d'offrir à V. E. le recit fidelle de cette cure, comme vne chofe affez rare, non
pas digne de lui eftre prefentée, mais
en qualité d'vne innocente qui a
befoin d'vne fi forte proteftion dōt
la feule ombre oblige à porter ref-
peft à fon Original, & à tous ceux
qui ont la gloire de le venerer.

Ie n'ay pas fceu par le paffé, monfieur, des fuiets confiderables pour
vous foumettre les petits efforts de
ma plume, ni ofé prendre la liberté
de vous faire connoître fa rudeffe,
& fes manquemens; mais comme
mes amis m'ont affuré que Vôtre
Excellence auroit à gré, non pas
mon difcours rabouteux, mais bien
la curiofité de levenement, i'ay bien

voulu lui offrir cette petite ebochure en intention que fi ce petit travail lui eft agreable, de lui facrifier toutes mes entreprifes, & pour lors ie ferai des vœux manifeftes, Monfieur, de ne rien operer que fous fon glorieux nom, & de ne rien mettre au iour, qu'il n'aye efté au prealable efclairé de la perçante lumiere de fes precieux raions. Et comme l'on voit dans l'Hiftoire que Pfaphon aprit à plufieurs oifeaux à dire à tous momens, Pfaphon eft Dieu, puis ouvrant leurs cages qui faifoient leurs prifons, il leur donna ainfi les champs, afin que volants par toute l'eftenduë de la terre, ils inftruififfent tous fes habitans par leurs leçons, de la divinité de Pfaphon.

l'efpere d'en ufer de même à l'avenir pour la gloire de V. E. en aprenant à toutes mes penfées, qui

doivent voïager dans l'Vnivers, à
f'inftruire de fon illuftre nom, pour
le porter en triomphe par tout, &
par tout le faire admirer comme vn
Oracle de la Divinité, le pere de l'e-
loquence, le Roi du Parnaffe, la fleur
naiffante qui ne doit iamais fletrir,
le Protecteur des grands genies, l'e-
xemple de la pieté, l'effroy des ma-
licieux, & la recompenfe des iuftes.
Plaife donc au Ciel que ma
bouche, & mes efcris publient par
tout le prix fans prix, & le merite
infini de V. E. & que cette Tortue
que je prens la liberté de lui pre-
fenter avec l'Efculape qui la fait
mourir de crainte qu'elle n'empoi-
fonnaffe fon maître, lui puiffe donner vn feul moment de plaifir, &
attirer par là la grâce de sa favo-
rable protection.

Si la fortune m'octroie ce bonheur, je lui en immolerai à iamais mes gratitudes, & tâcherai vn iour de lui offrir avec mon cœur, & ma vie, non pas des monſtres nez par putrefaction dans le corps humain, mais bien des fleurs vivantes, & regenerées par ingenieuſes produ-ctions de mon art, c'eſt la gloire que ie me propoſe ſous la reſpectueuſe qualité que je la ſuplie très-hum-blement de me vouloir ſouffrir :

MONSIEVR,

De Vôtre Excellence,

Le tres-humble, tres-obeïſſant serviteur D E - C O P P O N A Y DE - Grimaldy, Dire-cteur general de l'A-cademie Chimique Ducale Royale de Sa-voye.

Sancta Marguareta.

VOICI LA SVBSTANCE

de la Relation d'honorable
Loüys Rat Muſicien, &
habilité dans l'Egliſe Cathedrale de S. Pierre de Gene-
ve, de ladite Cure arrivée en
sa propre perſonne par lui ſignée du dixiéme Fevrier
1685. & remiſe entre les
mains de Maître Deſcombe
Notaire Ducal Royal d'An-
neſſy comme il reſulte de
ſon acte par lui fait & ſigné
en bonne forme du dernier
Fevrier 1685.

A

LEs empreffemens, dit-il, de plufieurs curieux, & per fones de qualité m'obligent à leur donner vne relation fidele de ma maladie qui commença il y a environ 18. ans par vne enflure de genoux qui croiffoit infenfiblement qui eft venuë enfin de la groffeur de ma tefte, ce qui me perfuadoit que c'eftoit vne Loupe, la grande douleur que ie fentis fur la fin du mois de Decembre de l'an 1684. m'obligea à garder le lit, iufques à ce que m'eftant aperçu des merveilleufes experiences qu'à fait en cette Ville par le moyen de fes fecrets, vn Seigneur de la Ville de Trapano en Sicile, nomme Dom

Antonio Fardella de Calvello, ie fis tous mes efforts pour
aller chez lui confulter mon
incommodité qu'il examina,
& me dit enfin que c'eftoit
vne Tortue venimeufe en vie,
qui s'eftoit engendrée dans
mon genoux, d'humeur froi-
de, ce qui arrivoit fouvent
pour fe mettre à genoux fur
des pierres vives, alors il me
fit reffouvenir qu'avant mon
incommodité cela m'eftoit arrivé d'y avoir mis mondit genoux tout nud au fortir de
m'eftre baigné, & que du dépuis il m'eftoit furvenu du
même jour vne enflure qui a
crû de jour en jour comme eft
dit, il m'affura que c'eftoit vne
maladie mortelle, vû que la di-

cte Tortue ayant toûjours eu
les yeux fermés voudroit à la
fin les ouvrir, & chercher la
route pour fortir fa tefte, &
que fi-tôt qu'elle verroit le
iour ie mourrois dans le même inftant f'il ne me donnoit
vn prompt fecours, comme il
eftoit arrivé, difoit-il, à plufieurs, & notamment à vn
homme qui en avoit porté
vne pendant 31. ans.

Il me dit encore que fi l'on
avoit traité mon mal comme
vne louppe, & que l'on l'euffe
perfé d'aucun fert que i'en ferois mort, de même il me raf-
fura fort voyant mon apre-
henfion, me difant que fi elle
venoit à fortir la tefte, qu'il lui
feroit perdre la vuë auffi-tôt,

& que même il la feroit mourir fans que i'en encouruffe
aucun danger. Il m'affura de
plus que fi ie pouvois trouver
vne Tortue ordinaire en quelque lieu, que par fon moyen
il feroit fortir la mienne fans
peril, par vne action fympati-
que & magnetique, & la com-
munication naturelle qu'il y
avoit de l'une avec l'autre. Ce
fut envain que i'en envoyai
chercher par tout, puifque ie
n'en pus trouver aucune pē-
dant vne vingtaine de jours
qu'il me donna de loifir pour
cela avant que m'entrepren-
dre.

Ie me fentis cependant ex-
trêmement incommodé, &
plus que d'ordinaire, ce que

me faifant recourir audit Seigneur Dom Antonio afin qu'il
me fit la grace de m'appliquer
fes remedes, ce qu'il fit avec
beaucoup de cordialité, me
difant qu'il falloit que i'euffe
vne grande confiance en Dieu,
& à la fainte Vierge, parce
que ce même foir à 7. heures
mon genoux fe devoit ouvrir,
ce qui arriva fans manquer,
& le lendemain matin m'aiant
levé l'emplâtre qu'il m'avoit
mis, la Tortue fortit la tefte en
même temps, & les deux pattes de devant, ce qu'ayant vû
il lui mit foudain vn autre fecret devāt les yeux qu'il avoit
à la main preparé pour cela,
mais vn *miferere* apres ie vis
fauter à deux pas de moy l'œil

droit de ladite Tortue , apres quoy il me dit que le premier peril eſtoit paſſé parce que l'autre œil de même eſtoit aveuglé.

Il me fit obſerver ſa teſte , ſa bouche , & ſes pattes mouvantes , comme celles des autres Tortues ordinaires , il la fit demeurer ainſi dehors pendant vn quart d'heure pour me la faire mieux voir , auſſi bien qu'à ma femme , & pluſieurs autres perſonnes qui eſtoient là preſentes.

Il ſe ſervit d'vn autre ſecret pour la faire rentrer entierement dedans , & l'y laiſſa ainſi quelque temps , & me commanda de m'aller mettre au lit , me diſant qu'à deux heures

de-là il m'arriveroit vn grand
froid qui me dureroit quatre
heures, & qu'enfuite ie ferois
faifi d'vne grande chaleur avec
vne fievre tres-ardente qui
dureroit quelques iours, cependant ie fentis vne douleur ex-
traordinaire à mon genoux,
ce qui m'obligea à lever le fecret de deffus, & ie vis la tefte
de la Tortue qui eftoit encore fortie, quoique aveuglée, ie
la remis dans fon trou, & la
recouvris du même remede.

Vne heure après ledit Seigneur Dom Antonio arriva
prés de moy qui me vifita le
genoux, & me palpa par tout
le corps, & me remit enfuite
vn autre fecret, me declarant
qu'à midy ma fievre devien-

droit plus violente, & que deux heures après ie tombe-rois dans le delire, dans lequel ie demeuray vne heure & de-mi, apres quoy il me reapliqua vn autre remede qu'il me de-clara eftre propre pour tuer la Tortue, ce qui arriveroit à fept heures, mais que dans le mo-ment i'aurois vn grand trem-blement de corps avec vn bat-tement de cœur qui dureroit vn moment auquel il me fem-bleroit d'eftre dans vn brafier de feu, toutes ces circonftan-ces arriverent comme il me l'avoit dit.

Le 11. du même mois à neuf heures du matin il obferva mon genoux & me dit que deux heures apres ie fouffri-

rois plus de douleur qu'à l'ordinaire, & qu'alors ie levaſſe le
remede & que la Tortue com-
menceroit à ſortir morceaux
par morceaux, & qu'ayant
reapliqué le ſecret il en ſortiroit ainſi tout le reſte, mais que
ce qui ſortiroit ſur la fin ſe-
roit d'vne puanteur ſi inſu-
portable, que ma femme, &
tous ceux qui ſeroient auprès
de moy ſeroient contraints de
m'abandonner, & que ie croi-
rois de rendre mon ame à
Dieu, mais que quelques momens aprés ie ferois soulagé,
le tout arriva ponctuellèment
comme il me l'avoit annoncé,
ſur quoy il ſurvient, & m'a-
yant apliqué des grenoüilles
vives à la plante des piéds, &

à la palme d'vne main, il me
donna à l'autre vn fablier d'v-
ne heure, me difant que fi l'on
me laiffoit lefdites grenoüilles
plus de cette heure que mon
corps reprendroit le venin
qu'elles auroïēt attirées, & me
feroit mourir, ce qui me fit
prendre garde à moy, & me
les fis lever fi à propos qu'auffi-tôt ma fievre fut ceffée, &
les grenoüilles creverent toutes noires de mon venin, ie
fentis du dépuis vne grande
fraicheur comme il me l'avoit
predit, mon appetit fut reveil-
lé, & ie me trouvay abfolu-
ment hors de danger.

Il m'apliqua enfuite de tems
en tems fes remedes fi à propos pour parachever la gueri-

fon de mon genoux qu'en peu
de temps par la grace de Dieu
il en vient à bout, & me ren-
dit ce genoux au même eftat
que l'autre, & me retablit le
marcher comme fi ie n'avois
iamais eu aucune incommo-
dité.

Pour le foutien de tout le narré
que deffus.

Il y a vne declaration de Re-
verend Meffire Charle Tri-
pier, Aumonier des Reve-
rendes religieufes du premier
Monaftere de la Vifitation
d'Anneffy du 8. May 1685.
par lui fignée, par laquelle il
affure avoir trouvé ledit Sieur
Rat dans la maifon de Seigneur Dom Antonio Fardel-
la, atteint d'vn grand mal de

genoux dont la groffeur étoit
aprochante de la tête, ce que
ledit Seigneur Dom Antonio
fit remarquer à tres bonne
compagnie, & leur fit voir que
l'on y voioit l'apparence d'vn
animal, dans 4. ou 5. endroits,
fur tout à la tête, & à l'endroit
des 4. pattes, vne efpece d'ouverture, il dit en outre que le
jour fuivant il avoit vû vne
grande ouverture audit genoux droit laquelle il a vû trai-
ter tous les jours par ledit Seigneur, fans fert, ni tâtes, & que
le malade fut gueri dans 3. fe-
maines. Cette declaration a-
yant efté mife entre les mains
d'vn nommé Decombe, No-
taire, a efté par lui autorifée,
& fignée le 28. May 1685.

Il y a vne autre declaration
d'vn nommé Claude l'Epine,
Maître Chirurgien & Bour-
geois de la Ville d'Anniſſi, par
lui ſignée du 28. May 1685.
qui iuſtifie avoir vû ledit genoux gros comme ſa tête, ne
pouvant trainer cette jambe
que par l'appui d'vn bâton,
mais que quelque tems aprés
ledit Sieur Rat Maître Muſicien predit, lui montra ſondit
genoux, & qu'il l'avoit trouvé
dans ſa figure naturelle, ſans
apparence même d'aucune ci-
catrice, ayant declaré avoir
eſté gueri par les ſecrets dudit
Seigneur Dom Antonio Far-
della, qui en auroit fait ſortir
vne Tortuë piece par piece.
Ladite declaration a eſté au-

torifée par acte de M^{ro} Def—
combe Notaire, du même jour
& an que deffus.

Il y a vne autre declaration
du même jour, & an que deffus, d'honorable Perrine fille
de Maître Claude Franc, de
Poulier, qui affure avoir vû la
tête d'vne Tortuë qui fortit
du genoux du même honora-
ble Rat, ce qu'elle vit lorfque
le cas arriva entre les mains
du Seigneur Dom Antonio
Fardella. Cette declaration a
été reduite par main de Notaire, figné Defcombe.

Il y a vne autre declaration
du même jour, & an que deffus, du Sieur Jofeph Saget, Ad-
vocat au Souuerain Senat de
Savoye, par lui fignée, & auto-

rifée par Mre Grinjon Notaire, qui affure f'être tranfporté
avec fa mere & fa femme, dãs
la maifon du Sieur Rat Muficien, allitté, & dans vn grand
accés de fievre, cõme ledit Seigneur lui avoit predit, qu'il affura fe fentir vn fretillement
dans le genoux comme de
quelque animal renfermé dedans, ce qui fe trouva vrai,
puifque dans le tems que ce
Seigneur Sicilien leva l'appa-
reil qu'il avoit mis deffus, il vit
& obferva lui-même la tête
d'vne Tortue vivante, auffi
bien que les pattes du devant,
qui eftant repouffées dans
leur place par le même Seigneur qui lui appliqua vn autre remede, mais que l'ayant

levé, il en fortit vn œil qui fau-
tat à terre, ce qu'il obferva tres
bien, & la curiofité l'ayāt porté à voir, & à toucher fi come
ledit Seigneur Sicilien lui a-
voit dit, l'autre œil de la Tortuë eftoit crevé, il vit, & refta
convaincu de la verité de fon
pronoftique.

Il y a encor vne autre declaration du 20. juin 1685. de
Meffire Claude Longy, Prêtre
& Chanoine Machabé, & ha-
bilité de la Cathedrale de Genéve, qui affure avoir vû de-
puis plufieurs années le genoux dud. Rat Muficien, croî-
tre de jour en jour, & à la fin
prefque auffi gros que la tefte
d'vn homme au deffus la cou-
pe dudit genoux, & que ledit

B 3

Rat proteftoit qu'il y avoit
quelque chofe qui y remuoit,
& fretilloit de tems en tems, &
qu'enfuite il en avoit efté traité par le Seigneur Dom Antonio Fardella, & que par l'ouverture qu'il lui fit fans ferre-
ment, il en fortit vne veritable
Tortuë qui remuoit la tefte, &
les pattes, ce qu'il obferva fort
bien, & laquelle Tortuë, quelques jours apres, ledit Seignr
Fardella fit fortir en pieces, &
le guerit fi parfaitement, qu'il
ne fe connoît pas en quel des
genoux il a eu le mal. Cette declaration eft autorifée du 21.
juin 1685. par main de Notaire
figné Grinjon Commiffaire
general des Extantes de S. A.
R. en la Chambre des Com-
ptes de Savoye.

Il y a encor vne autre declaration du 26. mai 1685. de
Damoiſelle Magdelaine, fille
du Sieur Iaque Bovery, Con-
ſeiller d'Etat, & des Finances
de S. A. R. femme de ſpectable
Nicolas Garbillon, faite entre
les mains de Mre Deſcombe
Notaire, & par lui ſignée, qui
aſſure avoir vû ſortir du genoux dudit Rat Muſicien, vne
tête à forme de celle d'vne tortuë, dont il chut vn œil à terre,
ce qu'elle afferme par ferment
veritable.

Ledit Notaire eſt declaré
Notaire de veritablement bō-
ne renommée, fidelle, & loyal,
tellement que ſes écrits ont
toûjours eu foi en iugement
ſans contredit, come eſt atteſté

par vn certificat donné pour
ce fuiet par Monfeigneur Da-
ranthon Dalex, Evéque, &
Prince de Genéve, par lui figné à Annifſi, du 2. mars 1685.
& fouffigné Morens, avec le
grand feau de l'Evéché.

Voilà, Monfieur, le fidele recit de cette étonnante guéri-
son, dont les circonftances peuvent faire connoître combien
ledit Seigneur Dom Antonio
Fardella eft experimenté dans
le traitement des principales
maladies qui peuvent atta-
quer le corps humain.

Je tais à V. E. quantité de
fiftules gueries, plufieurs can-
cers, loups corrodens, efcroüel-
les, gangraines, hemoroïdes,
maux caducs, ethifies formées,

fievres malignes, hidropifies,
paralefies, veroles inveterées,
fievres quartes, schinances, &
toutes autres maladies qu'on
nomme ouvertement oppro-
bres de la medecine, & notamment ceux qui de naiffance
auroient la langue tellement
engagée, qu'à peine peuvent
ils prononcer vne parole qui
puiffe eftre intelligiblement
entenduë, dont nous avons en
cette Ville vn exemple éton-
nant en la perfonne d'vn Religieux de l'Ordre de S. Fran-
çois, qui n'auroit jamais pû
recevoir fes ordres fans fon ad-
mirable fecours.

L'on donneroit de tout cela d'auffi
folides atteftations, que de la Cure
predicte, fi l'on n'avoit crainte d'in-
quieter Vôtre Excellence fur tant de

choſes diverſes, qui paroîtroient peut-
être trop recherchées pour reauſſer
le merite de ce Seigneur étranger que
je prens la liberté de lui offrir, il me
ſuffit, ie crois, de repreſenter à Vôtre
Excellence ce petit rayon de ſes ſens,
qui ſemblent imiter celui des pierre-
ries du Levant qui plus elles ſont dans
l'ombrage, plus elles ſont éclatter
leurs lumieres, & ſe ſont rechercher
enfin dans les plus ſombres obſcuri-
tés.

Achevé d'imprimer à Cham-
bery ce 4. Septembre 1686.

Réimprimé à Paris chez Adolphe Lainé, en la rue des
Saints-Pères, au numéro 19, par les ſoins de
Marguerite et René Muffat-de Menthon,
bibliographes.

Sancta Marguareta.

L'original et feul exemplaire connu
appartient à Monfieur le Baron Jérome Pichon,
Préfident de la Société des Bibliophiles.
Ce livret curieux avait d'abord été remarqué dans
les Bibliothèques de Monfieur Yemeniz et du
Prince d'Effling.

Réimprimé à Paris chez Adolphe Lainé, en la rue des
Saints-Pères, au numéro 19, par les foins de
Marguerite et Réné Muffat de Menthon,
bibliographes.

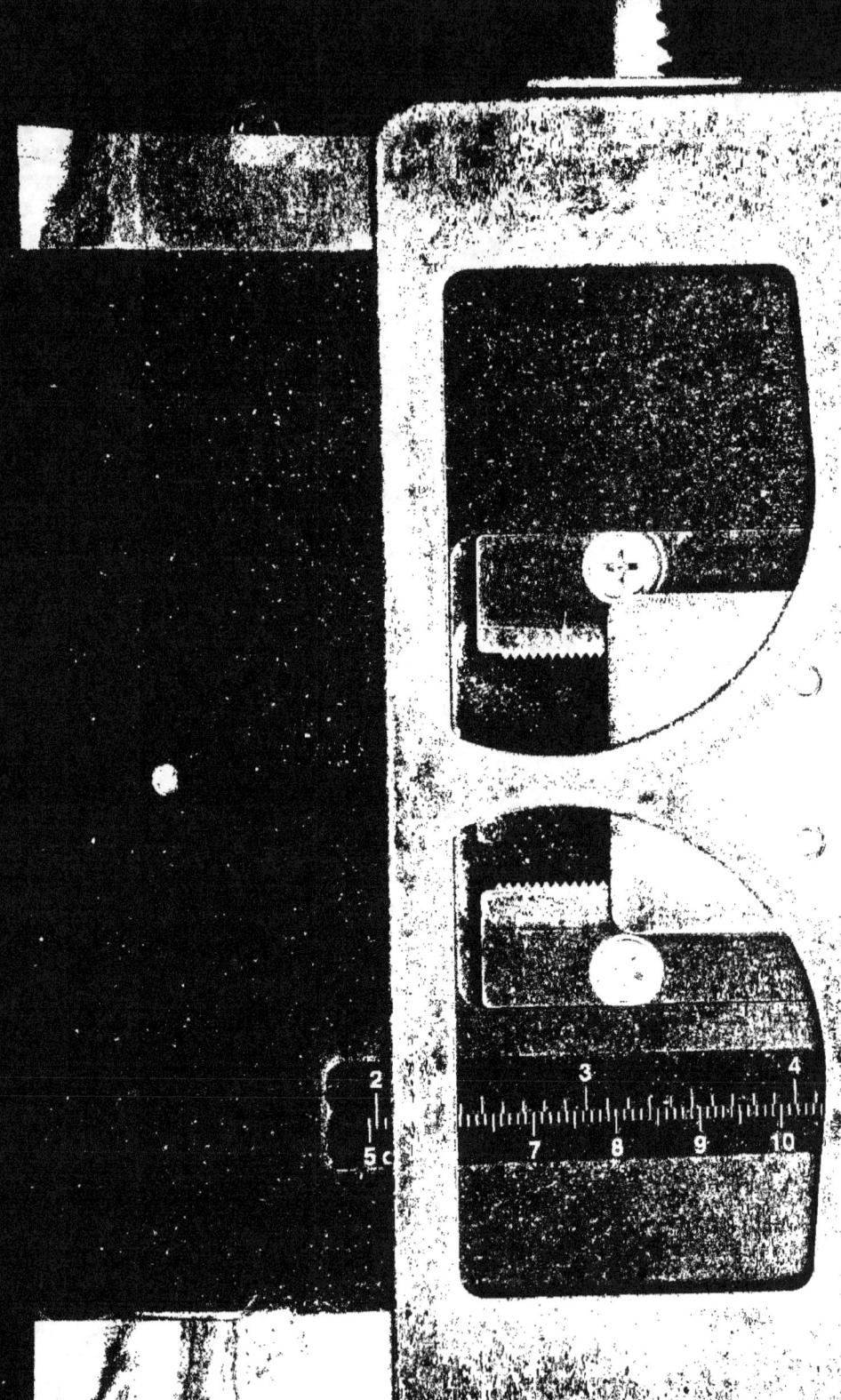